KB210062

※ 일러두기

1. 용어 정리: '청인(聽人)'은 청력의 소실이 거의 없어 들을 수 있는 사람을 가리키고, '농인(聾人)'은 청각에 장애가 있어 소리를 듣지 못하는 사람을 가리킵니다.

2. 이 책에 나오는 캐릭터들의 수어는 '국립국어원 한국수어사전'에 등재된 표준수어를 활용하였습니다. 등재되어 있지 않으나 실생활에서 자주 사용되는 수어가 일부 혼용되어 있습니다.

3. 이야기의 시대배경은 2010년대이므로 장애등급제 폐지 이전의 장애등급을 고증하고 있음을 밝힙니다.

수어가
나에게
괜찮다고
말했다

작가의 말

미국 메사추세츠 주 남동쪽에는 '마서즈 비니어드'라는 섬이 있다. 섬 주민들은 청각장애를 익숙하게 받아들였다. 결코 낙인이나 장애로 여기지 않았다. 섬에는 청각장애인이 꽤 많았기 때문이다. 이 섬의 청각장애인들은 누구와도 소통할 수 있었다. 어떤 언어 장벽도, 사회 장벽도 없었다.

내가 졸업한 충남 천안의 대학교는 마치 마서즈 비니어드 섬의 축소판 같다는 생각을 자주 했다. 전교생 6천여 명 가운데 장애 대학생이 300여 명이나 있었다. 그래서 장애인 복지가 꽤 잘 되어 있었고, 덕분에 장애인들은 비장애인들과 동등한 권리를 누리며 활발하게 지낼 수 있었다.

하지만 장애 대학생들의 중, 고등학교 시절은 대부분 그렇게 밝지만은 않은 듯했다. 장애에 대한

배려가 부족한 학교 시설과 학우들 사이에서 여러 해를 보내며, 저마다 비슷한 상처를 품어온 공감대가 많았다. 이 책의 주인공, '정수현'은 그렇게 탄생하게 되었다.

2022년에 처음 집필을 시작해서 2024년의 겨울이 되어서야 마침표를 찍었다. 이 여정의 끝을 맺을 수 있도록 아낌없는 응원과 지지를 보내준 사랑하는 부모님과 남편에게 깊이 감사드린다.

주인공 수현이의 에피소드 상당 부분은 나와 친구들의 실제 경험담에서 기인했다. 자신의 기쁨과 상처를 기꺼이 공유해준 친구들에게 고마운 마음을 전한다. 또한 실제 명칭을 사용할 수 있도록 흔쾌히 허락해주신 <소리를 보여주는 사람들>과 <핸드스피크>에도 감사의 마음을 전한다.

마지막으로 수현이를 응원하며 여정에 함께 해주실 독자 여러분에게 감사드린다.

추천의 말

　우리의 얼굴이 모두 다르듯, 삶의 방식도 모두 다르다. 요즘은 저마다 추구하는 취향, 꿈, 직업이 더욱 세밀하고 복잡해졌다. 소수의 개성과 다양성이 존중받는 시대가 되었지만, 단단하게 자리 잡은 '주류'들이 여전히 있다. 예를 들면...

　"그래도 번듯한 직장은 가져야지."
　"그래도 수어보다는 말을 배우는 게 좋지."
　"집에서 뭐하니? 나가서 생산적인 것을 하렴."

　내가 직접 들어본 말이기도 하다. 사람마다 성향과 체질이 제각각인데 종종 주류를 따라야한다고 강요받는다. 그렇게 불안감 때문에 꿈을 접고 취직을 하거나, 신체적 한계가 있음에도 꾸역꾸역 언어치료를 받으며 말을 배우기도 한다. 자신의 몸에 맞지 않는 옷을 입으며 산다.

그 과정에서 스스로를 억압하고, 받지 않아도 될 상처를 받은 사람들이 얼마나 많을까. 이 책의 주인공 수현이도 그렇다. 귀가 들리지 않는 아이가 '모두가 그러니까 나도 당연히 그래야한다'는 이유만으로 자신과 맞지 않는 환경에서 적응하려고 애쓴다. 숱한 상처를 받고 외로워한다.

이 책은 '농인' 수현이의 성장통이 그려진 이야기다. 많은 상처와 외로움을 지나 자신의 정체성과 행복을 찾아가는 여정이 담겨 있다.

그러나 농인만 공감할 수 있는 이야기는 결코 아니다. 책을 읽다보면 주류가 아닌 삶을 살아도 괜찮다는 용기를 얻는다. 자신의 행복과 평안이 최우선이어야 한다는 말에 위로를 받는다.

수현이는 순하고 여리지만, 또 굳세고 진실하다. 꿋꿋이 나아가는 수현이를 응원하며 책을 즐겨보시길 바란다. 귀엽고 발랄한 그림체 속에서 가볍지만은 않은 여운의 잔향을 느껴보시길 바란다.

프롤로그

2023년 7월

제주 서귀포시

프롤로그

프롤로그

내가 이 자리에 오게 될 줄은
꿈에도 몰랐다.

귀가 안들리는
내가

프롤로그

등장인물

정수현

주인공. 청인과 농인 어디에도 소속되지 못해 외로워한다.

김가영

수현이가 어린 시절부터 알고 지내는 유일한 농인 친구. 사려 깊고 활달하다.

박예은

가영이가 소개해준 농인 언니. 털털하고, 당차고 자존감이 높다.

차 례

박민영

수현이의 청인 룸메이
트. 언어치료사가 되기
위해 공부하고 있다.

이하은

수현이의 농인 룸메이
트. 수현이가 적응할 수
있도록 챙겨준다. 따뜻
하고 친절하다.

조월영

농인 동아리 멤버. 활
동적이고 똑똑하다.
자신의 수어 실력에
자부심이 높다.

Chapter 1
고등학생

짝꿍

고등학생 〈짝꿍〉

고등학생 〈짝꿍〉

고등학생 〈짝꿍〉

고등학생 <짝꿍>

고등학생 〈짝꿍〉

짝꿍은 그날 이후 자리가 바뀔 때까지

나에게 먼저 말을 걸지 않았다.

저기— 샘이
숙제 있대?

나도
잘 몰라.

고등학생 〈짝꿍〉

 고등학생 〈짝꿍〉

그냥
빨리 졸업이나
하고 싶다...

종례 시간

고등학생 〈짝꿍〉

물어봐도
짜증내거나
모른다고 할텐데

결국 그냥 나왔네...

그런거
보기 싫으니
그냥 넘어가자.

나는 이날
물어보지 않은 것을
후회하게 된다.

고등학생 〈짝꿍〉

매번 물어보면
모른다고 하거나

짜증내는
애들을 붙잡고

끝까지
물어봐야
했던걸까...?

고등학생 〈짝꿍〉

고등학생 〈짝꿍〉

고등학생 〈짝꿍〉

아뇨.

제가
귀가 안들려서
...

힘들다.

이런 식으로
내 청각장애를

뼈저리게
깨닫게 된다.

603

고등학생 〈짝꿍〉

..괜찮아.
할머니 말은
신경 쓰지 말자...

...정말
괜찮아...

...사실은

하나도
괜찮지 않아.

자격지심

고등학생   〈자격지심〉

...아. 아파트 방송...

난 이것도 못 알아듣지...

평소에는 그러려니 넘겼던 일들이

오늘은 유독 가슴에 비수로 꽂힌다.

고등학생 〈자격지심〉

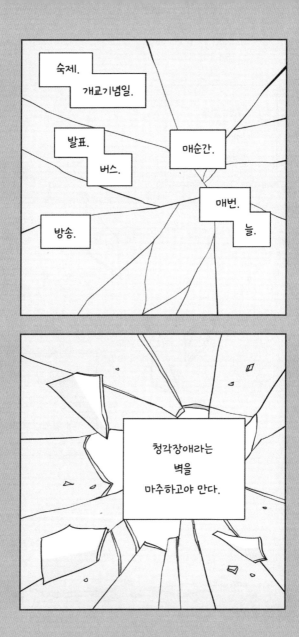

이게 모두
다 내 청각장애
때문이야.

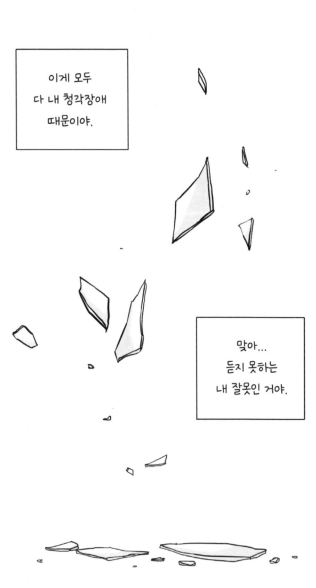

맞아...
듣지 못하는
내 잘못인 거야.

고등학생 〈자격지심〉

대학교 가면
수어동아리 들어가서
수어도 배워 볼래?

수어 배우라고?

어릴 땐
못하게 하더니...

농통역사 자격증이
있다던데 따두면
취직 잘된다고 하더라.

아니, 엄마.
어릴 때
수어 못 배우게
했잖아?

말만 가르쳐놓고
이제 와서
수어 배우라고?

고등학생 〈자격지심〉

됐어.
나 수어 안 쓸거야.

장애 있는 것도
서러운데...

수어 쓰는 거
사람들 다 쳐다보잖아.
쪽팔려서 싫어.

나에게
수어 배우라고
말하지 마!

어릴 때는
수어를 못배우게
하더니   이제 와서
취업 때문에
배우라는 거야?

고등학생   〈자격지심〉

내가 하고 싶은 게
없는 건 맞지만

그래도 수어 쓰면
사람들 다 쳐다보고
쪽팔려서 싫어.

....
뭘 해야 할 지
모르겠어...

고등학생 〈자격지심〉

시끄러운 수능

3 - 1

2016년 대학수학능력시험

제 1시험실(청각)
12349801번~
12349806번

고등학생 〈시끄러운 수능〉

 고등학생 〈시끄러운 수능〉

고등학생 〈시끄러운 수능〉

아...

내가 수어를 모르니까 금방 가버리네...

...생각해보니

귀가 안들리니까 말하는 사람에게 외면당하고

수어를 쓰는 사람에게까지 외면당하는구나...

 고등학생 〈시끄러운 수능〉

 고등학생 〈시끄러운 수능〉

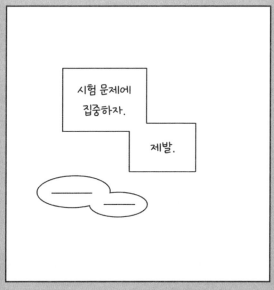

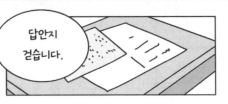

답안지
걷습니다.

결국 감독관들에게
말도 못하고
집중도 못했어...

다른 것도 아니고
수능이었는데—

보청기를
했어도

못 알아들을 뿐이지.
소리 자체는
들렸는데....

 고등학생 〈시끄러운 수능〉

청각장애인이면
무조건 귀가
다 안 들린다
생각하는건가?

난 수어를
쓰는 사람도
아니고

근데 학생.

발음이 특이한데
어디 외국에 살다왔어?

그렇다고
말을 한다기에는
말도 잘 못해.

보청기 착용하고
소리가
들린다 해도
알아듣지 못해.

앞으로
어떻게
살아야 할지
잘 모르겠어.

어디에도
소속되지
못하는 이 기분

나는 왜
청각장애가
있는 걸까?

고등학생   〈시끄러운 수능〉

...엄마...

 고등학생 〈시끄러운 수능〉

나에게 학교는 '포기'를 배우는 곳이었다.

초등학교 6년, 중학교 3년, 고등학교 3년... 12년을 의자에 가만히 앉아있어야 했던 긴 세월. 내가 귀가 안들리기 때문에 당연하다고 여겼다.

몇 명 없기는 해도, 또래 청각장애 친구들이 다 비슷한 학교 생활을 하고 있으니까. 수업을 못 알아듣고 따라가지 못하는 것은 당연했다. 그냥 다들 학교를 다니니까, 학교에 가야된다고 시키니까, 나도 학교를 다니는 것뿐이었다. 매일 의미 없이 학교에 가고, 그저 시간이 빨리 지나가기만을 바랐다.

들리지 않아 소통이 어려우니 친구가 없었다. 남들은 평범하게 누리는 일상과 꿈을, 나는 귀가 들리지 않아 감히 꿈꾸지도 못했다.

이런 내가 이제 20살이 되어 사회에 나왔다. 적당히 집에서 가까운 대학교에 들어갔다.

'포기'에 익숙해진 내 앞에 펼쳐진 세상의 모습은 여전히 안 되는 것 투성이었다.

Chapter 2
대학생

또 다시 반복

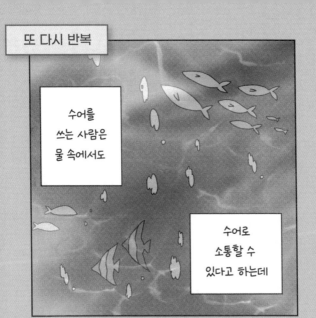

수어를
쓰는 사람은
물 속에서도

수어로
소통할 수
있다고 하는데

수어도 모르는
나에게는

아무런 의미가
없어.

대학생 〈또 다시 반복〉

저 뻐금뻐금
거리는 물고기의
수족관 세상과

입모양만 쳐다봐야
하는 이 세상이
무엇이 다르지?

곧 대학교 강의 시작할 때네.

작년, 수능에서 나는 지금까지 받아본 적 없는 최악의 점수를 받았다.

다행히도 집 근처 대학교 사회복지학과에 겨우 합격할 수 있었다.

 대학생 〈또 다시 반복〉

대학생 〈또 다시 반복〉

마치 뻐끔뻐끔
거리는 금붕어를
보는 것 같아.

가슴이
너무 답답해.

숨이 턱
막히는 것 같아...

대학생 〈또 다시 반복〉

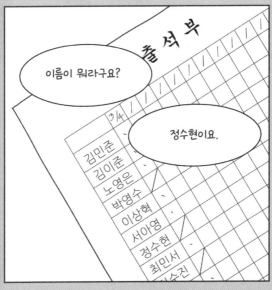

출석은 점을 찍고
결석은 /이고
지각은 X...

강의 시작 전에
들어왔는데...

지각 한 번...
그냥 넘어가자...

 대학생 〈또 다시 반복〉

 대학생 〈또 다시 반복〉

대학생 〈또 다시 반복〉

어렵다니 그게 무슨 소리에요?

과 사무실에선 여기에 신청하면 된다고 했어요.

그러니까 장애학생 도우미 신청 자체는 되는데요.

센터에서 따로 문자통역 지원은 어렵다는 이야기예요.

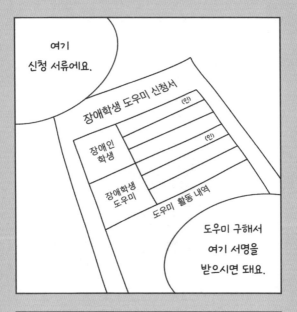

대학생 〈또 다시 반복〉

너무해...!!

장애학생 도우미 신청서

기대했는데...

털써...

3월인데...

눈이 내리네.
춥다...

대학교에
가면 무언가
달라질 줄 알았다.

그러나...
바뀐 게
없다.

대학생 〈또 다시 반복〉

패턴을 파악하니
할 만 하네.
이름 불렀는데 대답이
없으면 한 번 더
부르신다.

내 이름 부를 때
아무도 대답안하니까.
두번째에
내가 대답하면 돼.

출석부에
이름 순서도
대충 외웠다.

이 수업은
서아영 다음에
내 이름이야.

고작 출석에
이렇게까지 해야
하나 싶지만...

난 사람들에게
청각장애가
있다는 걸
말하고 싶지 않아.

대학생 〈또 다시 반복〉

대학생 〈또 다시 반복〉

조교님 옆자리에 앉아계신 걸 보니 친구 분이신가...

뭔가 인상이 무뚝뚝한게 무섭게 생겼네.

대학생 〈또 다시 반복〉

 대학생 〈또 다시 반복〉

119

대학생 〈복학생 선배〉

대학생 〈복학생 선배〉

문제 일으켜서
휴학했으나가
이번에 복학했는데

뭘 잔뜩
조심해야겠네

눈 마주치지 않게
조심해야지...

안그래도 장애학생
도우미 제도 때문에
연락드렸거든요.

그거 때문에
소개해 줄
사람이 있어요.

대학생 〈복학생 선배〉

 대학생 〈복학생 선배〉

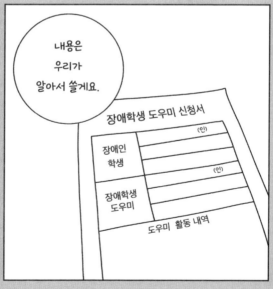

 대학생 〈복학생 선배〉

대학생 〈복학생 선배〉

대학생 〈복학생 선배〉

대학생 〈복학생 선배〉

저 앞에서
당당히
발표했겠지.

발표를 마치겠습니다.

질문이 있으신 분은
손들어주시기 바랍니다.

청각장애
하나만으로도
얼마나 많은 것을
못하게 되는지

발표를 마치겠습니다

사람들은
감히 상상도
못할 거야.

질문이 있으신 분은
손들어주시기 바랍니다

귀가 들리는게
숨쉬는 것 만큼이나
당연한 사람들은

이런 불편함을
평생 모른 채로
살겠지.

대학생 〈복학생 선배〉

대학생 〈복학생 선배〉

도우미와 맞바꿔버린 내 서명의 가치는

고작 밥 한끼 값 이었다.

맛있게 드세요.

이럴 줄 알았으면 처음부터 친구에게 부탁할 걸.

정수현 맞지? 방금 너 불렀어

정수현

네!

친구가 아니게 되더라도 지금보다는 더 낫지 않았을까.

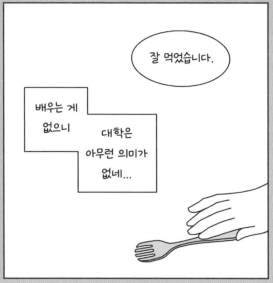

 대학생 〈복학생 선배〉

149

 대학생 　〈복학생 선배〉

순식간에
눈 앞이
새카매졌다.

숨막히는 하루하루

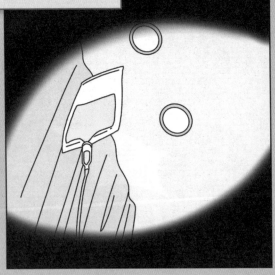

대학생 〈숨막히는 하루하루〉

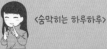
대학생 〈숨막히는 하루하루〉

 대학생 〈숨막히는 하루하루〉

 대학생 〈숨막히는 하루하루〉

버스에서
내리니

후우

가빠졌던 호흡이
돌아오는
느낌이야.

나...

괜찮은 거
맞아?

 대학생 〈숨막히는 하루하루〉

학교...

...가야겠지.

...갈 수 있나?

까마득하다.

 대학생 〈숨막히는 하루하루〉

결함투성이
나 자신이

너무나도
싫어.

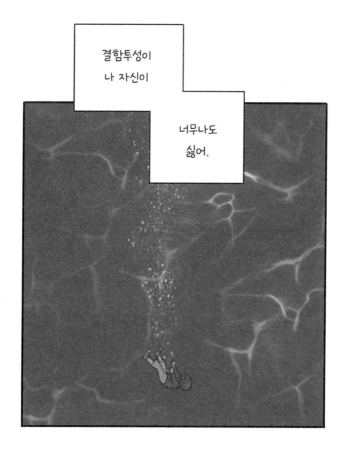

이대로 영원히
가라앉고 싶어—

내가 다녔던 대학교에서는 장애학생 도우미 제도가 있었다. 장애학생에게 같은 학교 학생이 도우미로 붙어서 1대1로 함께 수업을 듣는 제도였다. 그 대가로 도우미 학생은 대학교 근로 장학생이라는 명목으로 소정의 장학금을 받았다.

도우미는 장애학생에게 필요한 것을 제공하면 되는데, 필요한 것을 요구하기가 참 어려웠다. 청각장애가 있는 나에게 필요한 것은 출석을 부를 때 대신 대답해주는 것과 교수님의 말을 노트북에 적어주는 '문자통역 대필'이다. 그런데 이 문자통역 대필이라는 게 생각보다 만만치 않다.

대학생 도우미는 자기 수업뿐만 아니라, 장애

학생의 수업까지 들어와야 한다. 심지어 교수님의 말을 듣고 타이핑까지 해줘야 한다니. 물론 소정의 장학금을 받고 하는 일이지만, 자기 수업이 아닌 날에도 학교에 와서 일을 해야 하는 건데. 내가 그렇게 요구할 권리가 있을까? 너무 미안하고 부담스러웠다.

출석체크와 학교 과제는 내가 조금 더 노력하면 된다. 출석은 교수님의 입모양에 집중하면 되고, 과제는 학생들에게 물어보면 된다. 물론 내가 장애가 있다는 사실을 설명해야 하지만...

그래서 도우미를 하지 않아도 괜찮다고 말했다. 그랬더니 도우미 신청서에 그냥 서명만이라도 해달라고 요구했다. 대신 밥을 한 끼 사주겠다며 나를 달랬다. 나와 도우미 제도를 이용해서 대학교 장학금을 밥 한 끼 값과 맞바꾸려는 노골적인 요구였다.

그럼, 나는?

도우미 없이 학교를 다니라는 거잖아?

뭐, 지금까지도 도우미 없이 학교를 다녔으니 괜찮을 거야...

경황없이 나는 괜찮다고, 알겠다고, 그 종이에 서명해버리고 말았다. 나는 이 제도를 노골적으로 이용하려는 이들 앞에서, 침묵하기를 선택했다.

사실 괜찮지 않았다. 이미 괜찮다고 했기 때문에 끝까지 괜찮은 척하려고 애썼다.

언제까지 괜찮은 척 해야 하는 걸까?

나, 대학교에 온 의미가 없지 않아?

Chapter 3
휴학생

휴학생 〈가영이와 예은 언니〉

20대는
대학 졸업 후
취직이니까...

목표가 없는 일상은
무의미한 나날들의
연속이었다.

수현아
너무 컴퓨터만 하면
눈 나빠진다.

간식 먹고 좀 산책도
다녀와.

휴학생 〈가영이와 예은 언니〉

...누구라도
좀 만나볼까?

나가보자.
날씨도
좋으니까...

휴학생 〈가영이와 예은 언니〉

가영이는 내가 아는 유일한 청각장애 친구다. 고등학생일 때는 종종 만났는데...

가영이가 타 지역에 취직하면서 2년만에 보게 됐다.

가영이 일하는 거 안 힘들어? 반도체 공장이었던가? 구체적으로 어떤 일 하는거야?

휴학생 〈가영이와 예은 언니〉

휴학생 〈가영이와 예은 언니〉

 휴학생 〈가영이와 예은 언니〉

185

수어도 모르는데
잘 놀 수 있을까
걱정된다.

아련히
떠오르는
과거의 추억...

그런 걱정이
무색하게

가영이는
예은 언니의 수어를
잘 통역해줬다.

나는
청각장애인이지만
수어를 몰랐기에

수어를 쓰는
청각장애인을
온전히 마주하는 것은
처음이었다.

수어를 쓰는
예은 언니의
얼굴 표정은

마치
물감 팔레트처럼
다채로웠다.

휴학생 〈수어와의 첫 만남〉

휴학생 〈수어와의 첫 만남〉

휴학생 〈수어와의 첫 만남〉

휴학생 〈수어와의 첫 만남〉

가슴이
찌릿찌릿해.

온몸에 전율이
흐른다는게
이런 느낌이구나.

휴학생 〈수어와의 첫 만남〉

그거 알아? 재판관 역
맡은 배우 말이야.

데프패밀리래.
가족 모두 농인이라
수어를 어릴 때부터
써왔대.

와 역시..대박!
어쩐지 너무
소름끼치게
잘하더라.

뮤지컬 농인 배우들 말야.
연기 너무 잘해서
나 깜짝 놀랐잖아!

소속사나 극단 없을텐데
어떻게 그렇게
잘하지 생각했어.

휴학생   〈수어와의 첫 만남〉

와! 이거 수어 맞지?
수어를 춤처럼
엄청 잘 춘다!

요즘 수어노래
같지 않게
표정도 풍부하네!

해외에서도
초청받아서
공연하기도 했어.

우와...
해외 나가는 것도
말이 안 통하니까

같은 농인으로서
너무 부듯해.

귀가 안들리니까
못 할거라고
생각했는데...

휴학생 〈수어와의 첫 만남〉

휴학생 〈수어와의 첫 만남〉

편입을 결심하다

아, 일주일 지나면 개강이야.

학교에 가기 싫다. 더 놀고 싶어.

ㅋㅋㅋ

언니 학교 그만두고 우리 공장 다시 다니자.

예은 언니는 이번에 복학하는 대학생이랬죠?

혹시 학교 수업은 어떻게 들어요?

휴학생 〈편입을 결심하다〉

전체 장애 대학생이 300명 정도 있고
청각장애 대학생은
100명 좀 넘을 걸?

으에에에에에에엑?!

100명이나 된다고?!

휴학생 〈편입을 결심하다〉

그럼 말만 하면
문자나 수어통역을
지원해주겠네요?

맞아, 하지만
그냥 얻어진 게 아니야.
농선배들이 학교에
적극적으로 요구해서
얻어낸 권리야.

나는 문자통역
안된다고
했는데..

수현이 너는
지금까지 통역을
받아본 적이
없지?

요구해본 적이
없어서
처음은 어렵고
힘들 수가 있어.

근데 그건 상대방도 마찬가지야.
농인을 만나 본 적이 없거나 귀찮아서
거절하는거야.

그러니 우리가
알려주는 거라고
생각하면 돼.

나는 그동안
청각장애라서-
배우지 못했다.

회피하고
도망쳤었다.

휴학생 〈편입을 결심하다〉

목소리를 내서
알려주라고 한다.

그치만...

나는 아마
앞으로도 목소리를
내긴 힘들 것 같아.

사람들 앞에서
말 한마디
꺼내는 것 조차

가슴이
너무 두근거리고
놀림받을까봐
두려운데...

 휴학생 〈편입을 결심하다〉

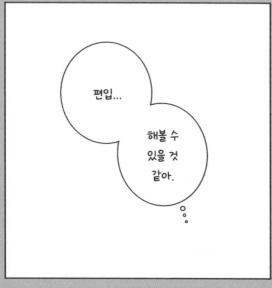

휴학생 〈편입을 결심하다〉

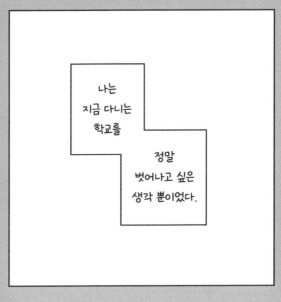

〈편입을 결심하다〉

자퇴는
안 된다고
하셨고,

휴학은 안 된다.
대학교는
다녀야 해.

대학교는
졸업했으면
하셨으니까...

졸업하고
취직도
빨리 해야지.

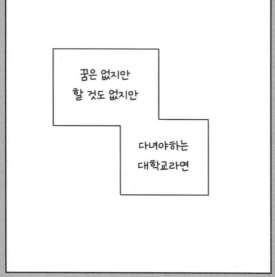

꿈은 없지만
할 것도 없지만

다녀야하는
대학교라면

휴학생   〈편입을 결심하다〉

수어를 사용하는 그녀는 구화만 사용하는 나를 위해 입모양과 수어를 함께 사용하며 배려해 줬다. 입모양과 수어를 번갈아 보며 그녀가 이야기하고자 하는 의미를 파악하려 애썼다.

그녀의 손짓과 다채로운 표정을 계속 관찰하고 있노라면, 무슨 이야기를 하는지 어렴풋이 알 수 있었다. 비록 수어 동작이 어떤 뜻인지 정확하게는 몰랐지만 말이다.

말하고 듣는 음성언어는 인류 역사와 떼려야 뗄 수 없는 중요한 소통 수단이다. 전세계 대부분의 사람들이 음성언어를 사용한다. 시각언어인 수어를 쓰는 사람은 극소수다. 수어를 사용하는 그녀의 삶이 소수민족과 무엇이 다를까.

  문득 수어를 사용하는 그녀의 삶이 궁금해
졌다. 주류 언어인 음성언어를 배우지 않으면
사회를 살아가는데 분명 어려움이 많을 텐데.
자주 다치고 상처도 받을 텐데. 음성언어를 배
우지 않은 그녀는 어떻게 그렇게 쾌활하고 밝
을 수 있는 것일까? 어쩌면 밝은 척 하는 걸까?

  만약에 나도 수어를 배우면 괜찮아질 수 있
을까? 더 당당해질 수 있을까? 덜 외로워질 수
있을까?
  그녀의 세상이 궁금했다. 그 세상을 들여다
보고 싶었다. 수어를 배우고 싶다.

Chapter 4
다시, 대학생

기숙사

2019년
대학교 기숙사

여기가
내가 살게 될
기숙사구나.

다시, 대학생 〈기숙사〉

다시, 대학생 〈기숙사〉

다시, 대학생 〈기숙사〉

다시, 대학생 〈기숙사〉

매일 저녁에 점호할 때 수어통역이 있거든.

농인들이 모여 있어야 수어통역사 한 명만 세우면 되니까 편하지.

2층, 3층은 지체장애 학생들을 배정한대.

거기는 휠체어가 다니기 좋게 조금 더 넓어.

우와... 되게 체계적이다.

다시, 대학생   〈기숙사〉

엘리베이터라는
좁은 공간에서

청각장애인과
시각장애인,
그리고

지체장애인이
동시에 탈 확률이
얼마나 될까?

나 역시
장애인임에도
불구하고

장애인을
만나는 게
어색하고
낯설다.

다시, 대학생  〈기숙사〉

그렇다면
나를 만나는
사람들은

날 보며 그렇게
생각하겠지.

봉투
필요하세요?

점원이 수어를 쓰다니?!

우와, 수어 잘 하신다.

수어 배웠어요?

손님들이 많이 와서 조금 배웠어요.

또 올게요.

감사합니다.

우와...

수현 언니, 저런 상황 처음 보는구나. 깜짝 놀랐지?

다시, 대학생   〈기숙사〉

여기는 아무래도 장애학생이 많다보니까.

대학가 주변에서도 수어를 쓰는 사장이나 점원들이 가끔 보여.

그리고 휠체어를 위한 경사로도 많이 있고, 점자블록도 잘 되어 있어.

그렇구나. 여기서는...

장애인들이 많이 살고 있으니까...

장애인을
만나면 어떻게
대해야 하는지

이미 알고 있는
곳이구나...

다시, 대학생   〈기숙사〉

수현 언니, 강의시간표
센터에다 냈어?

안 냈으면
같이 가자.

강의시간표?
안 그래도 내라고
문자 왔던데.

그거
왜 내야
하는거야?

다시, 대학생   〈문자통역〉

다시, 대학생 〈문자통역〉

노트북은 여기서 대여해가시면 되구요.

청각장애 학생 문자통역 노트북

수업시간표 보니까, 오늘 오후 1시 수업에는 이미 수업 듣는 농학생이 있어서

도우미도 이미 배정이 되어 있어요.

...이렇게 쉽게 통역지원을 받을 수 있는 거였어?

그 날 오후

도우미가
온다고 하지만
정말 오셨을까?

수어통역사가
계시네...
그 옆의 자리인가?

다시, 대학생   〈문자통역〉

고마워요.

다시, 대학생 〈문자통역〉

247

함성소리...
교수님이
뭐라고 하신거지?

아—
나 문자통역
있었지?

OT니까 오늘은
간단하게 이야기하고
수업을 빨리 끝낼게요
너네들도 좋은거지? 하하

우와,
OT라고 빨리
끝나니 다들
환호했구나.

다시, 대학생 〈문자통역〉

스스로
필기하는 건
처음이야.

이게 뭐라고
그토록 어렵고
힘들었는지...

남들에게는
너무 당연하고
자연스러운
이 일상을

나는
22살이 되어서야
누리는구나...

마음이
정말 편안해.

다시, 대학생   〈문자통역〉

뿌듯하면서도 한편으로는 억울해.

귀가 들리지 않아서 몰랐던건데

22살이 되어서야 겨우 이렇게 경험하는데

귀가 들리는 사람들은

이게 너무 당연한 일상 이라는 거잖아.

다시, 대학생 〈문자통역〉

대학교 기숙사 엘리베이터에서 우연히 시각장애인, 지체장애인과 함께 타게 됐다. 이들을 보며 수많은 생각이 스쳐지나갔다. 나조차도 '장애인'과 이렇게 함께 한 공간에 있는 게 어색하고 낯선데, 비장애인들은 오죽할까? 나를 만나는 비장애인들도 나를 보며 똑같이 생각하겠지. 나는 그럴 때마다 나의 장애에 대해 설명해줘야 할 테고 말이다.

　　그러나 그 생각은 금방 사라졌다. 기숙사 밖으로 나오면서 문득 그들을 쳐다봤다. 시각장애인은 점자 보도블록을 지팡이로 터치하며 당당하게 걸어가고 있었다. 지체장애인은 전동휠체어를 작동시켜 자유롭게 이동하고 있었다.

그제야 기숙사 앞 광장을 자세히 눈여겨보니 점자 보도블록은 여기저기 뻗어있었고, 보도블록과 연석은 턱이 없었다. 학교 안에서는 휠체어를 탄 사람도 어디로든지 갈 수 있었다.

　　나는 룸메이트와 함께 편의점에 갔다. 수어를 사용하는 우리를 본 점원도 수어를 사용해 화답했다. 이 풍경을 아무렇지 않게 누리는 룸메이트를 보고 놀랐다.

　　그제서야 깨달았다. 여기는 장애인들이 많이 살고 있는 곳이기 때문에, 장애인을 만나면 어떻게 대해야 하는지 모두가 이미 알고 있다. 이곳에서는 나의 장애에 대해 전혀 설명할 필요가 없었다.

　　내가 누구인지, 내가 어떤 장애를 가지고 있는지 다른 사람을 납득시키지 않아도 된다는 것은 별 것 아닌 것처럼 느껴지겠지만, 나에게는 낯설고 놀라운 경험이었다.

동아리

우와~

우와 수현이!
진짜 같은
학교에서 보네!

예은 언니!!

다시, 대학생 〈동아리〉

그나저나 강의는 어땠어?

어...

너무 좋았어요!!

다시, 대학생 〈동아리〉

강의실에
수어통역이랑 문자통역
둘 다 있는 것도 신기했고,

시간이
정말 후딱
지나가더라고요.

그치, 좋은 게
얼굴에
다 드러나네.

그쵸,
너무 좋아요.

아참,
동아리 활동은
해봤어?

다시, 대학생   〈동아리〉

다시, 대학생 〈동아리〉

언니들 서 있지 말고
여기 와서 앉아~

평소에
공강시간에는
여기서 시간을
보내나보네.

언니들은 어떻게 만나게 됐어요?
예은 언니는 수어만 쓰고
수현 언니는 처음엔 구화였던거 같은데...

수어 구화 다 되는 친구가
소개해줬어~

다시, 대학생 〈동아리〉

이렇게 띄워주면

정말 진짜인줄 착각하고 싶어지잖아.

수현이 발음도 진짜 좋아!

에이~ 아니에요. 막상 말하면 사람들은 제 말 못 알아듣는데 무슨...

다시, 대학생 〈동아리〉

다시, 대학생 〈동아리〉

다시, 대학생 〈동아리〉

WFDYS(세계농인연맹
청년회)가 있는데
세계를 무대로
활동하거든요.

우리 또래가
활동하는 거죠.

그 임원 중에
우리나라 사람이
활동하고 있다는 거!

오!!
누군데?

한국 사람?
진짜?
그 사람
누구야?

귀 안들리는데
임원을
어떻게 해요?

청각
장애인
이잖아요?

다시, 대학생   〈동아리〉

어학연수?
우리 학교에?
농인이?

왜??

한국으로
해외연수
와서

한국수어랑
한국어를
배우는거죠.

이처럼
우리나라 농인도
해외연수를
가기도 하고 —

미국이나
유럽에
유학가는
농인도 있어요.

미국에는 농인만 입학되는
갈로뎃대학교가 있는데 거기 다니는
우리나라 농인들도 꽤 있어요.

다시, 대학생 〈동아리〉

몰랐어요...
수어를 쓰는 농인들은....
뭐랄까... 소통이 안되니
더 힘들 줄 알았거든요.

수어를 잘 모르면
그렇게 생각할 수 있어요.

수어 배운지
6개월이라
했었죠.

병리학적 관점의 농인은
결함이 있어서 듣지 못하는
불쌍한 '장애인'이지만

기준을
청인에게
맞추면 안 돼요.

수어를 언어로 쓰는
농인은 '장애인'이
아니라고 생각해요.

그저, 언어를 눈으로 보고 대화하는

장애인이 (handicapped) 아닌 농인(Deaf)인거죠.

쨍

그랑

청각장애인은 아무 것도 못하는 거 아니었어?

사실은 할 수 있는데 내가 몰랐던 걸까?

다시, 대학생 〈동아리〉

내가 하고 싶은 대로

마음이
복잡하다.

나는
뭘 하고
싶은 걸까?

그 곳에서
도망치고 싶어서
편입했고

그저 졸업장을
위해
이 곳에 온 나

다시, 대학생 〈내가 하고 싶은 대로〉

언니라면 오히려
농학교에서
일반학교로
전학 보냈을 걸?

왜??

언니는
말 잘하고
잘 듣잖아.

그건 보청기하고
재활했다지만
잘 하지는 않잖아?

나 언어치료학과잖아.
수현 언니 발음은
못 알아들을 정도는 아니야.

다시, 대학생   <내가 하고 싶은 대로>

내가 다닐 때는
농학교 애들이 조금 말 잘한다 싶으면
근처 학교나 특수반 있는 학교로 전학보냈어.

나는 처음부터
농학교를
다녔거든.

수어 잘하는 샘도
계셨지만
못하는 샘이
더 많았어.

그럼 그때는
그냥 옆 짝꿍이랑
수다 떨었어.

물론 예외도 있긴 했어. 가끔, 왕따당하고

다시 농학교로 전학오는 케이스도 있었지.

지금은 아무래도 인공와우 수술이 대세라

농학교에서는 수어 쓰는 농인들 별로 없을 걸?

수어를 쓴다고 해서

전부 다 아름답지만은 않아.

다시, 대학생   〈내가 하고 싶은 대로〉

 다시, 대학생 〈내가 하고 싶은 대로〉

다시, 대학생   〈내가 하고 싶은 대로〉

 다시, 대학생 〈내가 하고 싶은 대로〉

그동안은 항상
제외되는 게
당연했었는데...

내가 그동안
겪어온 조별모임은

장애가 있다는 걸
알고 나서는
당연한 듯이 발표에서
제외해주었다.

다시, 대학생 〈내가 하고 싶은 대로〉

다들
당연한 듯이

동등하게
대해주는 것이

기분이
이상하고

낯설다.

다시, 대학생   〈내가 하고 싶은 대로〉

나는 수어로 발표했었어.

우리과 학생은 구화로 발표하더라고.

대본은 수통사에게 줬고

나는 지금 청각장애를 이유로

발표를 고민하지 않아도 되는 곳에 와 있구나.

다시, 대학생 〈내가 하고 싶은 대로〉

정말 다양한
경험을
할 수 있었다.

그중 농인들과
만남은 특별했다.

수어로
소통하니까.

다시, 대학생   〈내가 하고 싶은 대로〉

대화하는 게
눈으로 다 보이고

다 이해가 되니
모임에 나가는 게

너무 재미있고
즐거워졌다.

미국 메사추세츠 주에는 '마서즈 비니어드'라는 섬이 있다. 한때 그 섬의 주민들은 유전적인 문제로 농인들의 비율이 많았다. 그래서 섬의 많은 비장애인들이 수어를 사용할 줄 알았다.

단순히 학교에 농인들이 많아서 이렇게 편안하구나 생각했었다. 하지만 <마서즈 비니어드 섬의 사람들은 수화로 말한다>라는 책을 읽고 나서야 나는 왜 이곳이 나에게 편안한 감정을 주는지 그 이유를 정확하게 알 수 있었다.

"그것을 아주 당연하게 생각했어요. 그것은 마치 누구는 갈색 눈이고 누구는 파란색 눈인 것과 같았어요. 그들은 우리와 같았어요. 나는 내가 그 누구나를 대하듯이 그들을 그냥 대했어요."

학교 바깥에서 비장애인들은 나를 기억할 때, "아, 그 귀 안 들리는 청각장애 여학생?"이라고 떠올리며 기억한다.

그런데 여기서는 청각장애인 학생들이 워낙 많다보니 사람들이 청각장애인들 상대하는 것이 익숙하다. 여기에서 나는 '청각장애가 있는 여학생'이 아니라, 그저 '갈색 단발머리 사회복지학과 여학생' 혹은 이름으로 불린다.

이곳에서의 나는 장애인이 아니라 그저 평범한 사람들 중 하나일 뿐이었다. 그 사실이 나에게 큰 위안이 되었다.

소보사 대안학교

다시, 대학생 〈소보사 대안학교〉

서울에 청각장애
대안학교가
있거든요.

소보사
소보사 대안학교
봄(SEER SPRING) 새롭공동체
반짝반짝 어린 시절

소리를 보여주는
사람들, 줄여서
소보사 라는 곳이요.

소보사?
처음 들어 봐.

수어로 가르치는 학교라고
생각하면 돼요.
대표는 청인이신데
농인들보다 수어를 잘해요.

수어를 너무 잘해서
가족 중에 농인 있는지
물어보기까지 했잖아요.

그렇구나... 근데 가서
어떤 봉사를 하는 거야?

없다더라구요!

농학생들에게
영상촬영과 편집을
알려주는 봉사활동
이에요.

수현 누나는
제 보조로
애들 좀 도와주면
될 거예요.

다시, 대학생 〈소보사 대안학교〉

다시, 대학생 〈소보사 대안학교〉

다시, 대학생 〈소보사 대안학교〉

다시, 대학생 〈소보사 대안학교〉

다시, 대학생   〈소보사 대안학교〉

 다시, 대학생 〈소보사 대안학교〉

오디즘(Audism)은 청인이 농인보다 우월하다고 믿고

농인이 청인처럼 행동하도록 하는 거에요.

알다시피 우리 사회가 청인 중심의 사회잖아요.

농인들은 그 상황에서 계속 억압당하는거죠.

농인에게 맞는 언어가 있음에도
이 언어를 박탈당하고
말을 강요당하는 거죠.

오디즘에서 벗어나
수어를 배우면서
농정체성을 갖는 것을

우리 소보사에서는
너무 중요하게
생각해요.

다시, 대학생   〈소보사 대안학교〉

...있잖아. 월영아.

다시, 대학생 〈소보사 대안학교〉

나의 언어

두 둥

첫 주문 이후
3개월도 안 되서
치킨 쿠폰을

10장 이상
모은 건
태어나서
처음이야.

치킨이
최고야

언니 그러고 보니
발표 준비
잘 되가?

다시, 대학생   〈나의 언어〉

이제 다음 주에
우리 조 발표야.

수어로 할지
말로 할지는 아직
고민 중이야.

준비한 거
우리에게
보여줘!

맞아 보여줘!

엉?

다음 날

짜

안

다시, 대학생 〈나의 언어〉

다시, 대학생 〈나의 언어〉

청각장애 관련 단체 기관 중에
세계농인연맹에
대해 이야기해볼게요.

World Federation of the Deaf

WFD

월영이가
이야기했던
단체다.

교수님도
알고 계시는거면
진짜 유명한가 봐.

WFD는 전세계 농인을
대표하는 단체인데
우리나라 농인이
이사로 활동했었고

우리나라 농청년도
청년회 임원으로
활동하면서
한국을 알리고 있죠.

다시, 대학생   〈나의 언어〉

다시, 대학생   〈나의 언어〉

이제 조별 발표로
넘어갈게요.

방   굿

조별 발표하는 조는
10분 쉬었다가
발표 준비해주세요.

내가
리더가
될 수 있다니...

다시, 대학생   〈나의 언어〉

내 발음은
20년 이상
언어치료를 해도

청인과
비슷해질 수가
없어서
괴로웠다.

그에 비해
수어는 배운 지
고작 8개월 뿐인데

쓸 때마다
마음이 편안하고
좋았다.

청각장애인이
수어를 써도
말을 해도
놀리거나

이상하게
쳐다보지
않는 이 곳

다시, 대학생   〈나의 언어〉

수어와 함께라면

나는 뭐든 할 수 있을 것 같아.

어쩌면 정말 리더가 될 수 있지 않을까.

다시, 대학생 〈나의 언어〉

수어는 내가 그동안

잃어버렸던

내 언어였어.

청각장애가 있는 나에게 수어란 눈으로 볼 수 있는 시각적인 언어인 동시에 마음이 편안한 언어였다.

음성언어는 아무리 들으려고 애써도 장애가 있는 나에겐 한계가 있었다. 보청기와 인공와우로는 완벽하게 듣기 어려웠다.

그에 비해 시각언어 수어는 눈으로 볼 수 있다면 이해할 수 있었다. 음성언어를 완벽하게 대체할 수 있는 언어였다.

마음이 편한, 나의 언어, 수어.

농인들이 모이는 곳에는 농문화가 있었고, 농사회가 있었다.

수어로 대화하기 위해서 서로 눈을 마주치며 상대방을 바라봐야 했다. 나는 서로 마주 보는 시선을 무척이나 좋아했다.

내가 서툴러서 수어를 알아보지 못해도 농인들은 불편해하거나 짜증내지 않았다. 따뜻하게 웃으며 몇 번이고 다시 수어를 반복하며 이해할 수 있도록 도와줬다. 알아듣지 못해서 소통이 단절되는 아픔을 우리는 모두 함께 겪어봤기 때문이다.

나는 여전히 사람들 앞에 나서서 이야기 하는 것이 두렵다. 그렇지만 이제는 내가 한다면 할 수 있다는 것을 알고 있다.

나에게 그것은 정말 어마어마한 변화였다.

그렇게 나는 농사회에 조금씩 스며들게 됐다.

다시, 대학생   〈나의 꿈〉

유럽이라서 그런지 역대 제일 많은 참가자들이 왔어.

농인 작가에 농인 배우도 왔고 농인 앵커도 오고

정말 다양한 농인들과 국제수화로 소통하니 너무 좋았어!

아, 그리고 4년 후에는 우리나라에서 세계농인대회를 연대!

뭐? 진짜? 한국에서 해?

여기서?

WFD 총회에서 여러가지 주제로
서로 토론하는게 재미있었거든.
4년 동안 국제수화 배워서

한국에서 열릴 총회에
참석해서 구경하는 것도
좋을 것 같아.

4년 후에
우리나라에서 한다니
가자!

좋아!
나도 갈래!

다시, 대학생   〈나의 꿈〉

다시, 대학생 〈나의 꿈〉

 다시, 대학생 〈나의 꿈〉

어쩌면 이 곳은
마서드
비니어드 섬의

축소판이
아닐까?

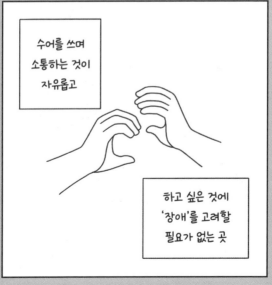

수어를 쓰며
소통하는 것이
자유롭고

하고 싶은 것에
'장애'를 고려할
필요가 없는 곳

 다시, 대학생 〈나의 꿈〉

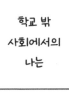

학교 밖

사회에서의

나는

여전히
아무 것도 할 수 없는
장애인이었다.

다시, 대학생 〈나의 꿈〉

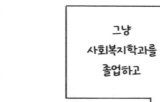

그냥 사회복지학과를 졸업하고

복지관에서 일하는 것...?

아직 명확하게는 잘 모르겠는데...

그래도 한 가지는 알 것 같아.

다시, 대학생  〈나의 꿈〉

예전의 나 같은
사람들을 만나서

손잡아주고
잘할 수 있다고
말해주고 싶어.

청각장애가
커다란 벽처럼
느껴질 수 있지만

벽을 다른
관점에서
바라본다면

다시, 대학생 〈나의 꿈〉

이게
나의 꿈이야.

이제 지금의
나는 알고 있다.

근데 학생,

발음이 특이한데
어디 외국에 살다왔어?

내가 듣지
못하고 발음이
어설픈 것이

다시, 대학생   〈나의 꿈〉

제가 청각장애가 있어서
잘 안들려서요

나와 대화하는
사람에게
너무 미안하고

두근

두근

너무 죄송하고
모두 내 잘못
같았는데

긁적

아까 나 때문에
발표했지? 미안해...

수어를
접하면서

의사소통의 장벽이
없는 세상을
접하게 되면서

그동안 부족하고
못나기만 했던 나는

사실은 괜찮은 사람이라는
생각을 하게 됐다.

청각장애라는 사실은
바뀌지 않는다.

다만 내가 나를
소중히 여긴다는 것이 다를 뿐이다.

다시, 대학생   〈나의 꿈〉

말을 했는데 못 알아들으면
내 잘못 같았는데

뭐라고요?

다시 말해주세요.

이젠 그저 다시
말해주면 된다고 생각한다.

계속 못 알아들으면
메모해서 보여주면 된다.

소통의 수단은 말이든, 수어든
필담이든, 아무런 상관이 없어졌다.

다시, 대학생 〈나의 꿈〉

그것만으로도
충분하다.

에필로그

에필로그

2023년 3월

나는 청각장애인의 문자통역서비스를 지원하는 회사에 입사했다.

예은언니는 대기업에 디자이너로 취직했다.

에필로그

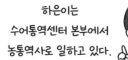
하은이는
수어통역센터 본부에서
농통역사로 일하고 있다.

월영이는 졸업 후 본격적으로
너튜브 크리에이터로 활동하더니
해외로 유학을 갔다.

그 외 대학에서
만난 친구들은
각자의 꿈을 찾아갔다.

업무 메일
전송 완료!

에필로그

7월에 WFD
세계농아인대회가
제주도에서
열리잖아?

제 8회 세계농아청년캠프
참가자 모집

그때 세계농인
청년캠프도 함께
1주일동안 열리거든.

우리
여기 같이
지원하자.

에필로그

시간은 흘러
2023년 7월

에필로그

에필로그

특별 외전

디자인1팀 정연우
아뇨~ 누가 발표하신대요?

박예은님이래요!

디자인1팀 정연우
헐 대박;; 그 박예은님이요?
진짜예요?

네. 2팀동기가 말해주더라구요.
저 깜짝 놀랐잖아요!

귀 안들리시고 말 못하시는데
어떻게 발표하려는 걸까요?

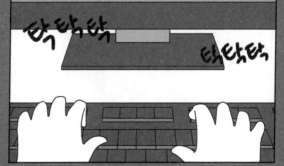

근데 발표를
직접 하신다고?

도대체
박예은 님은
어떻게
발표하려는
걸까?

오후 1시
회의실

 특별 외전 외전 |

안녕하세요.

디자인 2팀 발표를 맡은
박예은 입니다.

홈페이지 리뉴얼 방향성

A사의 홈페이지는 유행이 지난 디자인, 가독성, 접근성에서
전체 리뉴얼이 필요한 상태였어요.

예은 님은
팀장님과
아이컨텍을 하며
진행을 했다.

물흐르듯이
자연스럽게
흘러가는 진행에
사람들은 몰입했다.

디자인 2팀의 발표를 마치겠습니다.

감사합니다.

짝짝짝짝짝짝...

입모양만 뻐끔거리는
물고기들의 삶이
지금 내 세상과
다를 바 없는 것 같아.

말도 통하지 않고
무슨 말인지도
모르겠어.

말을 하려고 하면
숨이 턱 막혀.

말을 할 수가
없어.

괴로워.

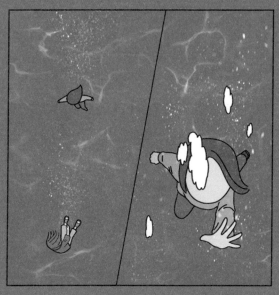

누구지?

아쿠아리움 공연이
곧 시작된대. 가자.

마치며

하개월 (수어, 농인 유튜버)

수현이를 마주하는 순간, 마치 거울에 비친 제 모습을 본 듯했습니다. 수어를 배우기 전과 후의 모습, 그리고 언어의 한계를 넘어 자신의 정체성을 찾아나가는 수현이의 여정은 단순한 픽션으로 흘려 넘기기엔 우리에게 깊은 울림을 남기고 있습니다.

이는 비단 저만의 이야기는 아닐 것입니다. 이 책은 언어의 경계에서 방향을 잃고 고민하는 농인 청년들을 비롯해 많은 사람들에게 따뜻한 위로를 건네줄 것입니다. 나아가 이 책을 읽는 독자들이 자신의 정체성을 고민하고 길을 찾아가는 과정에서 용기와 성찰을 얻어갈 수 있을 거라고 믿습니다. 마음이 따스해지는 시간이 되셨길 바랍니다.

수어가 나에게
괜찮다고 말했다

초판 1쇄 인쇄 2024년 12월 30일
초판 1쇄 발행 2025년 1월 20일

글·그림 위소 **펴낸이** 이동희
편집 위소
디자인 이소라
인쇄 북크림
관리 F83프로젝트
후원 한국만화영상진흥원, (재)한국장애인문화예술원

펴낸곳 동치미 출판
출판등록 2019년 12월 10일 (제 2019-000009호)
주소 경기도 가평군 가평읍 당목가일길 482-29 1동
전자메일 dongchimi92@naver.com
팩스 0504-392-7708

인스타그램 @codatoon @sign.soar
© 위소, 2024

 한국만화영상진흥원 한국장애인문화예술원

※ 이 책은 <한국만화영상진흥원>과 <한국장애인문화예술원>의
지원사업에 선정되어 제작된 책입니다.

값 18,000원
ISBN 979-11-971620-6-0 03810